句集

# 葉っぱの子

医学博士 石川サト子 著

学術社

石川サト子近影

# 石川サト子経歴

昭和二年五月一七日　出生
昭和一五年四月　栃木県立宇都宮第一高等女学校入学
昭和一九年三月　栃木県立宇都宮第一高等女学校四年修了
昭和一九年四月　国立東京女子高等師範学校理科数学選修課程入学
昭和二三年三月　国立東京女子高等師範学校理科数学選修課程卒業
昭和二三年三月三一日　栃木県立鹿沼高等女学校地方教官
昭和二三年四月一日　栃木県立鹿沼高等学校教諭
昭和二四年三月三一日　栃木県立宇都宮女子高等学校教諭
昭和二五年三月三一日　栃木県教育委員会事務局総務課（調査係）主事
昭和二九年四月一日　栃木県立宇都宮高等学校教諭
昭和二九年八月三一日　栃木県立宇都宮高等学校教諭退職
昭和三一年四月　私立石川幼稚園園長
昭和四〇年四月　東大医学部附属脳研究施設医学心理学教室（井上英二教授）研究生
昭和四〇年一〇月　学校法人大恵会設立認可

昭和五五年四月　東大医学部附属脳研究施設の医学心理学教室研究生修了、一五年間学びその業績は「幼児画の発達心理学的研究」

昭和五七年一一月　社会福祉法人　大恵会理事長

平成五年　国立山梨医科大学（現国立山梨大学医学部）保健学講座研修生

平成一〇年一〇月　国立山梨医科大学保健学講座研修生修了、「小児期各種行動特徴の遺伝学的解析」学位医学博士号授与

平成一六年一月　有限会社大恵サービスセンター代表取締役

# 目次

# まえがき

著者の石川サト子は、宇都宮市にある報徳会宇都宮病院で精神科医、且つ、わが国を代表する現代の俳人として活躍した平畑静塔（一九〇五～一九九七）の俳句の弟子の一人である。この度句集を発刊するにあたり、平畑静塔の代表作品である、「葉つぱの子てんたう虫も祭の子」より、最初の部分を書名として引用したものである。この句は、幼稚園を経営する石川サト子のために詠まれたものであるという。本句集は平畑静塔が宇都宮病院に赴任して退職するまでの約半世紀の間に、石川サト子によって作られた俳句の中から、精選されたアンソロジーである。

平成二七年十一月

東京大学名誉教授　加我　君孝

# 句集
# 葉っぱの子

この夜は静寂《しじま》の底に梅とわれ

遠き日のあかき蜜柑と堀こたつ

初蝶は白き真昼をたよたよと

鈴蘭を抱くゆれゆれて入院車
病床に紅バラ参る誕生日
待つ人のありて梅雨傘かろがろと

紫陽花の七色くたすもどり梅雨

薄氷《うすらい》をいとしみ春立つ土にぎる

幼《おさな》らは浅雪《あさゆき》かこち雪まろげ

房総の菜の花を匂《か》ぐ花屋にて

さみどりのスカーフ選りぬ春立つ日

外套のよごれ陽《ひ》に浮く春浅き

廃田に陽炎いくつ立ちのぼる

ランドセル肩に余りておそ桜

おそ桜肩にあまりてランドセル

田植水透き通りたり苗根づく

双つ蝶にげつもつれつ旧街道

夏菊はくび頸《つよ》きま、黄枯れたる

もえつきてひまわりによろりによろりたつ

納得のゆく言葉出ぬ蟻地獄

早発《はやだ》ちに持た（託す）するりなす新生姜

ぽっくり死ふとあこがるる秋ざくら

忽然と風がはこぶか秋の晴

草紅葉《くさもみじ》ここは紙飛行機の空港よ

灯《とも》りいて何がな嬉し枯野みち

野分きてどんぐり兵隊（坊やの）ポルカステップ

秘め心語らずもがな雪の窓

台風の目速さ増しふるさとへ

台風去り夕焼雲と虹遺《のこ》す

秋空の高さ病室十八階

秋黴雨《あきつい り》くもりのガラス術前日

病食に紅白饅頭敬老の日

告げ口の子らにこたえつ夕端居

ほこほこと黄のじゃがいもは故郷《さと》の味

癌共生納得人生春立つ日

癌共《とも》に第三人生雁も往く

薫風や天与の余生癌共生

退院す垂穂《たりほ》のみちを小走りに

さやかさや親子三人《みたり》の月見かな

畦刈《あぜかり》りに追いたてられて穴まどい

試歩のみち目と眼ぱったり穴まどい

春泥や吾子か、え上げつぎ足に

降りすぼみ西より晴れる明日運動会

こおろぎや背なかなじまぬ病ベッド

まねて吹く子らの草笛天高し

幼らの示談はジャンケン草もみじ

ゆかた丈《たけ》胸のふくらみ読み外《はず》し（ちがい）

山茶花や片ことで足る老夫婦

涼み道背の子互にあやし合い

つくし屋も葉っぱ屋もいるお店ごっこ

立冬の里山化粧急ぎいる

凍蝶の羽博《う》つばかり野火迫る

こぶし咲く漁火《いさりび》ライン帰省する

出雲路《いずもぢ》は神昼寝どき霞引く

愛《め》でつ行く桜前線中国道

風光り植田平らか苗根付く

金魚観《み》る目は涼しくて聾唖の子（自閉の子）

トンネルが新緑界を遮断絶

老犬と老夫かげろふ（陽炎）まとい行く

ビルはざ間地蔵様にも盆提灯

立秋や星天の涼かしこみて拝すかな

道標《みちしるべ》ほの明かりする韮の花

お揃いのフレッシュピンク初詣《はつもうで》

抗癌剤（薬害の）脱毛ばさり冬の雷

菜の花やかもめ銀色外房線

受験子へ早咲き一輪封じやる

生かされて今年また遭う垣（背戸）の菊

掃きよせて紅葉をえりぬ姉妹《あねいもと》

いつくしみ乾いた芽木に寒の雨

飲み足りて乳《ち》くさきあくびねむの花

実梅落つ友の訃報を受けし時

花野来て友の変らぬ加賀なまり（ことば）

親馬鹿を超えて祖母ばか春隣（山笑う）

春潮や朝日かゞよう九十九里

桜鯛目にさみどりの空写し

水田《みずた》植田《うえた》パッチワークする越路ゆく

松若芽さつきの空へ揃い踏み

摘草《つみくさ》や老いは公平同級生

くりやべに新聞ひろげ秋うらゝ

平成の案山子短パンTシャツ

遠列車枕にひゞく無月かな

きっかりと筑波嶺《つくばね》あおし今朝の秋

朱の回廊青かまきりのしのび足

ビル狭間《はざま》地蔵尊にも盆提灯

声止みて蝉ころがりぬいま卒す

こおろぎのひげちらりゆらり良夜かな

夜長さや去年《こぞ》の日記の拾い読み

もえつきてひまわりにょろりにょろり立つ

にょきにょきと時をたがえず彼岸花

なすきうりどさりと置いて三尺寝

花野きて久方に友のくになまり

囚人バス秋霧の町かどそと曲がる

ひつじ田に蝶もつれ飛ぶ四つ五つ

こがらしや茶髪のゴーグルオープンカー

つゆ霜や冬草はまだしおたれず

聖童女あそぶ（います）銀河をまた仰ぐ

急寒波下着に迷う月曜日

烏瓜木守柿との艶くらべ

夜学の灯相乗りバイクダッシュする

うす味になれて独り身豆腐鍋

馳せまわる児らの歓声春光る

里山の独りぐらしを郭公がよぶ

梅漬けの頃よと夢に母の言う

梅雨《つゆ》入《り》とや大蟻何の思案顔

はたはたと白蝶低し梅雨《つゆ》入《り》の日

梅雨の蝶はらりと落ちぬ視野の外

つゆ寒や犬くしゃみして伸びをする

すくと出てひと時の紅彼岸花

おぼろ夜や老呆の友笑む婉然と

山茶花やひと世こし方照り曇り

顎あづけぬる目(湯)長湯よ女正月

雲光り朝日かゞよふ春立つ日

如月の羽二重雲やひた光る

うなづけば児ら告げきそう若葉風

顎うづめ乳くさきあくびねむの花

天を突き緑立つ松子どもの日

緑立つ今朝初孫の生まれしと

いとこ来てはとこも招き柏餅

湯の町は蛍も鮎もビオトープ

屋上に犬飼う暮らしつゆぐもり

大鯰ゆらり浮上すめかり時

子どもらを叱りすごして苦き桃

朝顔や老母出勤歌（唄）かろく

陽炎や（新涼や）老夫老犬そぞろ行く

夏まつり法被鉢まき三世代

目くるめく熱海花火の極まりて

潮満ちぬ花火のあとの月皎々

名月や影も動かず大内山

秋つひり犬ながながと伸びをする

難民報身のしあわせや初炬燵

冬ぬくしスクールバス待つ子と母に

山茶花や乗る人のあり無人駅

罪びとはこの身その身に椿散る

大年の雪が清めし（雪清めよや）災《さひ》の年

色鯉の色すぢさやか寒の水

若者の皆息しずか大試験

大試験若者の息皆しずか

春立つ日池の陽炎ゆらりゆらり

外れ球は桜吹雪を園庭に

遠山に春もみじ戀う余寒かな

あたゝかやまなうらピンク昼寝ざめ

みどりの日日曜庭師事始め
苗代の色あがらぬと天仰ぐ
ジジーと一声セミは昇天す

落ちセミはジジー一声昇天す

みどり白かっ色こげ茶セミ生きる

かげろふのまつわりつ行く田んぼ道

除夜の鐘何ぞこし方八〇年

鬼怒歌い男体笑みて栃木春

大江戸の空高し圓し鳶の輪

松芽立つ兄弟三様そろい踏み

月見むや立ち泳ぎして大鯰

ひた走る信号みな青青葉風

ひらひらと子蛇は渉る盆の川

垣根ごし二、三個頒《わか》つ花茗荷

青あらし池面《いけも》の貌《かお》の七変化

晩夏光黄ばんでさかん蝉しぐれ

妊《はら》み鯉楚々と従う萩の水

妊み鯉ゆるりと回す春の水

物干して竿のとんぼに場をゆずる

語り継ぐ園の花野は五十年

虫干しや母の形見の食べこぼし

寒の雨素《しろ》し少女《おとめ》の稽古着に

若葉風同じ顔合う通勤時（路）

花筏《いかだ》鯉の若衆の口《くち》揃《そろ》い

花筏鯉の大口ひしめいて
卯月雨夢多き日は遠さりて
ポストまで桜ふぶきの試歩の路

まぶしさや光が跳ねる水田照る

水田植田関東平野のパッチワーク

初サラリー光が跳ねる水田映《て》る

花だより訪ねて今朝は陸奥《むつ》に在り

花見にとさそいの便《たよ》り子は四十路《よそじ》

居眠りの肩のふれあい花疲れ

花しぐれ昭和も遠くなりました

遠き来て桜ちる散る武家屋敷

緑立つ雉のつがいが今朝も来て

杉林密林のま、竹の秋

シャープなり泳動上下熱帯魚

みどり児をあやすが勤め春うらら

ひた登る霧海の標《しるべ》栗の花

栗の花霧海の寄る辺《べ》牧の朝

継がぬ家看板臥せて夕端居

剃り青く伴僧稚《わか》し盆廻向

鬼ヤンマぎろりと一瞥急旋回

植林山密林のま、竹の秋

切通し開口全（前）面土用波

里の秋電線二重《ふたえ》猪《しし》囲《かこ》い

米どころ農道舗装砂利県道

秋アカネ巨大旅団に遅れなし

石垣に見送る十月蝶と蛇

蔦もみじ学友老いてこの町に

鷺下りぬ穭《ひつじ》焼畑北陸路

蜃気楼見える魚津と駅表示

富山湾光り鳶《とんび》の輪はたかく

高崎の駅弁だるま秋衣装

ほめられて一株進上芋畑

友やいま夜行列車の過《よ》ぎる町

年暮るる孤高の富士は真白なる

冬に入る今朝手にぬくし井戸の水

霜柱児らに微笑の老園長

雪国に大寒の雨天の妖

入試の子後にする町山目ざめ

日永さや老人ホーム趣味多岐に

花ぐもりばば日和かな昏れなずむ

おとろえをいらち抑うつ木の芽どき

戀猫のうしろ嗅ぎつゝ牡仔犬

路地奥のミニ鯉のぼり風が行く
チューリップキッス抱擁しなだるる
背戸山に雉の睦の甲高《かんだか》く

母つばめを仰ぐ子一様に口を開《あ》く

日永さや予定は未定膝伸ばす

立て膝に顎のせて聴く初しぐれ

真処女《まおとめ》のごと葉がくれぬ穴まどい

涼み台幼《おさ》な連勝ゲームわざ

芯熱の去らぬ長風邪《かぜ》流れ梅雨

老施設避難訓練菊日和《きくひより》

鬼怒歌い男体笑みて栃木春

穏やかに大つごもりや宿直《とのい》する

柚子ひとつおごって今日のしまい風呂

宿直《とのい》の身寒満月のまもりあり

ろう梅や光さんざめくこの枝に

老犬と老夫かげろうまとい行く

日永さや日なか髪洗う職退きて

高々と吾子《あこ》鍬始めあげ雲雀

再診日柳桜もうわの空

夜桜や○脚×脚抱きあいて

山藤はしだれてさやぐ誰《た》がために

長生きも能と便りす酷暑みまし

高きより白露《はくろ》の気降る髪の尖《さき》

林間に新道もみじ敷きつめて

菊日和《ひより》避難訓練老施設

布団《ふとん》着《き》て頰《ほほ》に冬至の陽《ひ》のにおい

山眠る仕度初めか白被衣《かつぎ》

一族の長媼《おさおうな》なり田を仕切る

葉桜や閑居に贈る木洩れ陽《ひ》を

萌えみどり早《さ》みどり濃《こ》みどり目路《めじ》はるか

職退《ひ》けば曜日も梅雨《つゆ》も窓の外

北枕もあり大部屋の流れ梅雨《つゆ》

南天の花白きかな梅雨《つゆ》の底

みじか夜や正夢であれ子の笑まう

背戸風や夏座敷抜け海原《うなばら》へ

ビル風に植田全倒都会《とかい》田舎《いなか》

赤トンボ寄るよ四階病窓に
花火だよ運動会だよお母さん
光る雲流れて消えて天高し

羊雲《ひつじぐも》追われて往きぬ天高し

朝日かげビル染《そ》め昇る天高し

戦禍過ぎ太平の果て金恐慌

人戀しつ人さけており居待月

穂ばらみの畦にカンナの緋をつらね

蚊やり火や手仕事終生たゆみなく

遠雷の近しと聞かせ遠ざかる

虚空より立秋の気降る髪の尖《さき》

台風一過天は全《まった》き秋の色

後期始業草もみぢ路子らの声

腹向けて飼犬昼寝菊日和

柚子ひとつおごって今日のしまい風呂

おちせみの一声鳴いて動かざる

サト子は県教委調査課から栃木県立宇都宮高等学校教諭となり、昭和二九年八月退職し私の元へ嫁いできた。折りしも私は内科、小児科、外科、産婦人科各医長のもと、石川病院を創設して、救急病院の指定を得て自殺未遂、重症アルコール症の治療を行ない、当時乏しかった精神病者の治療について考えを巡らせている所であった。

そもそも我が石川家は祖父文三郎、真岡の百姓にて中央大学を経て小学校教師をし、三人の子を養えず一念奮起し、宇都宮で米、炭、土管業等始め、駅前六〇〇坪を買い求めた。後年宇都宮市会議員、郵便局局長を務めた。

他方、石塚家は黒羽藩大関氏の家臣で、廃藩置県により栃木市の栃木県庁に栃木県権小属として出仕、県庁が宇都宮市に移転となるに従い、宇都宮市塙田に屋敷をもとめて移住した。その後本郷村から立候補して栃木県会議員を一期つとめた。そもそもは菊地氏を名乗っていたが、ある時大関氏の供奉をして移動中、水戸市近郊の石塚の地で野武士の襲撃にあったが、見事に信義が撃退したので、主君がこの地名を名乗りにせよと仰せられ、以来石塚となった。

サト子祖父石塚信義は下級武士で、祖父文三郎等と明治維新時宇都宮下町全部を買い占め、その子等を金のかからない学校として高等師範、陸軍士官学校二人、宇都宮第一四師団第五九連隊石塚部隊として支那事変時勇名をはせた石塚三樹陸軍中佐、保定占領。如何せん老齢召集なれば、軍馬に乗って征戦も落ちそうな行軍にて兵皆危惧せり。然れども一度戦闘になるや背筋が伸び直立不動、小高い丘に軍刀を持ち、敵弾飛び来るも身じろぎもせず前線を見回し、「そこの機関銃低地なり、あの場所へ移動せよ」と完勝。兵皆万歳万歳、頼もしき事この上もなし。石塚隆陸軍少佐も出征す、後年好々爺、鶏等持ちて来る。石塚五郎（校長）等の人物を輩出したが、如何せん金を得る商業に非ず、父の大財産を相続し得ず。

野澤家は宇都宮中河原に六〇〇坪を有する資産家であった。サト子の父石塚六郎は早稲田大学商学部卒、銀行員で野澤家に婿に入り後四児を残し肺結核で死す。

さて、私は未だ敗戦の傷痕は広く深く残り、衣食住の欠乏・道徳価値観の混乱荒廃、公私教育の不安定の中にいる人々の疾病を快癒させ、人心を育み、癒す目的で報徳会宇都宮病院に精神科を創立したが、妻サト子は精神病患者を診るのも大事だが、その人格形成の発育史の幼児教育の重要性を痛感していた。人の発達成長の内、最も変化が著明な幼児期こそ人となりの基本であると言い、しかし当時、公教育としての就学前教育の市内幼稚園は宇都宮駅東に一園しかない。そして石川幼稚園を起こした。駅東に明和（防毒マスク製造）軍需工場跡地六〇〇坪を私財一五〇万円で買収。学習塾よりはじめ、幼稚園にあらため、工場事務所を改築して昭和三一年四月開園、同年七月栃木県設立認可書を得た。園児は数年後に二〇〇名を超え、越戸町や石井町等遠距離安全通園に、病院乗用車での送迎を始めたのがスクールバスの発祥と思う。

昭和四〇年一〇月、学校法人大恵会の設立が認可された。駅東区画整理事業があり、園地の四分の一近くが削減されたため現在地に移転した。この土地は昭和三〇年代に農地を四〇万円で購入し、親戚祖父の弟坂井森四郎病院事務長が耕作した。新園舎は県内初の鉄筋コンクリート陸屋根二階建、四季自然の恵に満ちた七、三〇〇平方米のに多様な固定遊具（ブランコ・シーソー・ジャングルジム・滑り台・登り棒・ロープウエイ・雲梯・鉄棒・砂場・回転吊輪・屋根付きコンビネーション遊具・トンネル築山・水車が廻る小さな流れ等）緑を重視した裏山の平地林・花壇・小鳥小屋・兎小屋・あひると亀の池も新設され、四季の自然の恵に溢れた環境の中で、伸びやかに遊ぶ園児に、子ども本来の姿を見る事ができる。思えば、彼女は宇女高を始終トップで四年修了、東京女高師理科数学科卒業し、県立高校教諭になった経歴の持ち主で、嫁いでくるときにも、学問を続けさせて欲しいというのが唯一の願いであった。サト子は自分の三男三女もその幼稚園で養育したのである。

広く幼児教育に従事する一方で、学問らしい学問も行ない、東大医学部附属脳研究施設の医学心理学研究生となり一五年間学ぶ。その業績は「幼児画の発達心理学的研究」という論文になったが、また平畑静塔が病院長として赴任されるや、師事して句作に励み、静塔は唯一の弟子とし天狼入会を再三強く勧められるも、私は少しでも晴れがましい所は苦手と辞退したため、静塔は折りにふれて丁寧に添削をしてくれたのであった。

本句集は、そのようなサト子が書き留めた句を集めたものである。真面目な教育者・学者としての性格が、俳句という形の中でまた別の輝きを放っているように私には思える。

正常発育中の幼児の自由描画の変移を数量的にとらえて、保育クラス別、満年齢別、男女別夫々の表現の共通性をひき出し、一方、個人独自の表現を明らかにして、幼児精神発達を検索しようとしている。そして、ある群の共通特性を認識することにより、個性を確認し個人差に適応する教育、更には心身障害児特殊教育にも、このささやかな努力が有用でありたいと願う。

**研究対象**

幼稚園年少組（学令による三才児クラス）、年中組（学令による四才児クラス）、年長組（学令による五才児クラス）の各々を男女別として六群とし、各群約一〇〇名、合計六〇〇名の宇都宮市内九幼稚園在園児を第一次対象とした。被験幼児保護者の生育調査票記入、必要に応じ筆者の面接調査を行い、受胎から調査日現在まで、心身及び生育環境について正常に生育中の幼児を対象とした。尚、実験計画による一斉課題描画四枚の中で、欠席の為に一枚でも欠けた絵がある者も除外した。又、面接問診により、色神異常・身体不具・運動機能異常・言語障害・明らかな情緒障害がある者は、被験幼児の中に含まれていない。

年令は、実験開始日前日現在の満年令である。この様にして取り出した被験群の大いさは四二〇名である。（年令別内訳・三才八四名・四才一四八名・五才一三五名・六才五三名）

資料は①実験描画と、②生育調査票から得た。

自然色をぬる事のみが概念形成発達を知る手がかりではないにしても、その発達が目ざましい時期である事は肯定される。

（一）感覚器官・運動機能が発達して、まだ不器用ながら意志通りに行動出来る。探索活動・体験による比較・記憶と再認

(二)身体運動的描画から、視覚的・意図的描画に変移していく。具象又は具象を意図した描画

(三)幼児の日常生活に必要な言語が発達してくる。仲間探し(共通性や差異の認知・分類)言葉遊び(しりとり・反対言葉・同頭音の言葉集め等)対話による知識蒐集

(四)絵や図形を見てお話作りが出来る。関係づけ　時間空間の展開　独白しながらの一連の描画　対話しながら二人以上での共同製作

自由意志描画の観察は、個人発達歴研究の為に重要である。各保育クラス共、実験期間中の枚数について男女に有意差はなかった。

年少クラスは、運動エネルギー発散のままに感情の赴くままに線描きを楽しみ、一回に三〜四枚の連作をものする事が多い。気分が高まれば一〇枚綴自由画帳の全面に描いてしまう者もある。一方、気が向かなければ全く顧みない時期もある。男女差・家庭環境差はみられない。

年中クラスの大部分は、四月入園以来三か月を経てようやく幼稚園生活になれ、保育者や友達との関係にも安定感が出てきたが、まだ入園前生活の影響が強い。入園前、自由描画の経験が少なかった者、家庭の躾が過干渉で自主的行動が出来ない者、描画指導・批判が厳しかった者(強制模写・ぬり絵・指導過重・けなしや叱責)等が見られ、男子は約三分の一が未分化画に止まる。全体として、誰もが積極的に喜んで描く雰囲気には至らない。

年長クラスは、一年以上の幼稚園生活により、描画経験の中に技術も集中力も増し、描く事がごく自然に生活の中にある。年中クラスに比べ、描示型・ぬり方・色使い等に個人差も少なくな

り、情緒的刺激が強い程、積極的に表現の努力をして集中時間も長くなる。年少クラスの時、次から次へと枚数を重ねた描画エネルギーは、一枚の絵に集中し、細部描写、色使い等満足する迄行う様になる。しかし、この様に熱中した子供達も七〜八才迄に、自由描画で過す生活時間は大方無くなってくる。一〇才以後も描き続けるのは特殊例であろう。初期なぐり描きを含めて、自由描画は幼児の遊びの特質なのである。

以上は一般的現象であるが、自由描画の量・枚数のみに注目すれば、全く不定で、同一人でも、殆ど描かない期間・毎日熱中して描く期間が、不定期不定型に訪れる事が珍しくない。けれども個人発達歴の上で特色ある分野で、継続観察資料や治療保育手段として有用である。

**要約**

幼稚園健常児の幼児画を分析して次の結果を得た。

一、男女とも同様発達経過をとり、年少→年中→年長の順に進行する。発達は一次直線状ではなく、螺旋階段状にうねりながら進行する。

二、男女の差は、年少→年中→年長の順に各分野で大きくなる。発達過程に於て、変移が最も著しい時期は、男児では年中→年長の間、女児ではより早く年少→年中の間に見られる。

何れも既に発表された先生方の結果と変わるものではないが、保育クラス間、満年令間、各々の男女間の差を、各群間の比較として数量に表示し、領域図を作成して視覚的にとらえた事が本研究の努力点である。

今回の結果を治療保育に利用する事、なるべく簡単で使い易い形式の発達診断尺度を作ることを次の課題としたい。

小児科の行動上の問題に関する遺伝要因・環境要因を解析する目的で双生児資料に共分散構造分析を行った。東京大学附属中学校の双生児を対象とした。卵性の内訳は一卵性双生児六〇九組（男男二七九組、女女三三〇組）、二卵性双生児二二三組（男男六五組、女女五六組、異性一〇二組）である。

量的遺伝学における threshold theory をもとに、liability（易罹病性）の tetrachoric correlation を算出し、得られた相関行列をもとにE、AE、CE、ACE、ADEの各遺伝子モデルを構築し、その適合度を検討した。ここで、Aは相加的遺伝要因、Dは優性遺伝要因、Cは共有環境要因、Eは非共有環境要因である。その結果、「寝言」「寝ぼけ」「夜驚」「爪かみ」ではAEモデルが採択され、遺伝率もほぼ八〇パーセントを越える高いものであった。「夜尿」に関してはACEモデルが採択された。得られた遺伝率には男女差が大きかった。また、共有環境要因の関与が強かった。「吃音」に関しては遺伝要因の関与が示唆されるにとどまった。

本研究により、小児期の行動上の問題に対する遺伝要因の関与が統計学的に明らかにされた。また、性差の重要性が確認された。

石川幼稚園の特筆すべき実績に、毎年の教職員小論文集研究紀要刊行、独自の教育課程編成がある。

また、障害児統合保育も重要な事である。本園創設の理念は「人間は皆平等である。誰もが教育を受ける権利と義務がある。そして、社会人としての恩恵をひとしく受ける。健常者のみならず、社会から取り残されようとしている心身障害者にこそ、真の教育が必要である。石川幼稚園は、一人ひとりの幸せをはぐくむ子どものお城である。」であったが、昭和四〇年頃は障害児者に対する社会の認識が低く、むしろ蔑視憐れみの風もあり普通教育には入り難かった。情緒障害、言語障害、ダウン症候群、多動傾向、心身発達遅滞、頻尿、強度弱視、食物アレルギー。当時在園した障害児の母親は、「あの頃は、障害者を持つ家族にとっては、毎日毎日暗い気持で過ごしました。障害者がいるという事で、周りから特別な目で見られたものです。」またある母親は、「今は障害者や家族にとって、今は天国の様です。うちの息子は、社会人として勤務できるのですから。」と言ってくれた。

もちろん、障害児と共に育つことは健常児にも必要なことである。心身発達が最も著しく初めて家庭の外にふみ出す幼児にとって、多種多様な友達と認めあい愛しあい学びあう自然な子ども社会の中で育ちあうことは、障害の有無を問わず将来の一般社会人となる児童には貴重な体験であるはずである。とはいえ、当時、私立幼稚園が、総合保育する事は、前代未聞の事であった。保護者の中に、賛否両論があったのも事実である。私は東大精神科研究生となり、東大精神小児科太田昌孝東京学芸大教授などを石川幼稚園に招聘し、指導を得ながら、健常児の保育に障害児のいることがいかに大切であるかを、健常児の親たちにその目で確信してもらった。

八千名に及ぶ卒園者の中、一百余名の障害児であった方々はどの様にすごされているのか、五〇年をへて切におもう。

平成五年に山梨医科大学研究室に入り、「小児期各種行動特徴の遺伝学的解析」の主題の許に双生児研究をまとめて学位記を授与された。

「小児期各種行動特徴の遺伝学的解析」

引き続き山梨医科大（現山梨大学医学部）五年間浅香昭雄教授のもと研鑽、遂に七二歳医学博士号を修得。

平成二七年十二月一日

石川　文之進

句集　葉っぱの子

発　行　2015年12月1日　第1版第1刷

著　者　石川　サト子

編　集　加　我　君　孝

発行人　医療法人 報徳会　宇都宮病院
社主　石川文之進
栃木県宇都宮市陽南4-6-34（〒320-8521）
電話 028-658-2121　FAX 028-658-2117

発　売　株式会社 学術社
東京都北区赤羽西6-31-5（〒115-0055）
電話 03-5924-1233　FAX 03-5924-4388